GUÍA DE LECTURA

Escrita por Fabienne Gheysens
Traducida por Tamara Montes Blanco

Salammbó

de Gustave Flaubert

Entiende fácilmente la literatura con

ResumenExpress.com

www.resumenexpress.com

GUSTAVE FLAUBERT

ESCRITOR FRANCÉS

- **Nacido en 1821 en Ruán (Francia)**
- **Fallecido en 1880 cerca de la misma ciudad**
- **Algunas de sus obras:**
  - *Salammbó* (1862), novela
  - *La educación sentimental* (1869), novela
  - *Bouvard y Pécuchet* (1881), novela inacabada

Gustave Flaubert nace en 1821 en Ruán. Es un apasionado de la escritura y descubre su vocación literaria de muy joven. En 1841, se va a París para estudiar Derecho, pero enseguida lo abandona. Entonces, el autor se instala en Croisset, a orillas del Sena, y frecuenta las sociedades literarias de la época. Se relaciona entre otros con Charles Baudelaire (poeta francés, 1821-1867), Iván Turguénev (escritor ruso, 1818-1883), George Sand (literata francesa, 1804-1876) y Guy de Maupassant (escritor francés, 1850-1893), para quien Flaubert será un modelo a seguir. Perfeccionista patológico, defiende una literatura reflexiva y sueña con escribir «un libro sobre nada». Su obra, que se distingue también por la profundidad del estudio psicológico de los personajes, anuncia el gran número de evoluciones que experimentará la novela en el siglo XX. Flaubert muere en 1880 y deja atrás varias novelas inacabadas y una enorme cantidad de cartas.

SALAMMBÓ

UNA NOVELA HECHA DE HISTORIA Y DE EXOTISMO

- **Género:** novela histórica
- **Edición de referencia:** Flaubert, Gustave. 1995. *Salammbó*. Traducido por Mireia Porta i Arnau. Barcelona: Editorial Juventud
- **Primera edición:** 1862
- **Temáticas:** Cartago, Edad Antigua, exotismo, guerra, religión, transgresión, amor

Publicada en 1862, *Salammbó* es una novela histórica: inspirada en el historiador griego Polibio, relata la guerra que enfrentó Cartago con los mercenarios de su ejército a los que no había pagado. Salammbó, la hija del general cartaginés, busca recuperar el velo de la diosa Tanit, que ha sido robado por los mercenarios.

El autor aprovecha las escasas fuentes históricas sobre la civilización cartaginesa para describir un mundo violento y exótico. La novela cosecha cierto éxito, a pesar de las críticas de Sainte-Beuve (escritor y crítico francés, 1804-1869) y de un arqueólogo, Froehner.

RESUMEN

CAPÍTULO 1 – EL FESTÍN

Al final de la primera guerra púnica, los mercenarios extranjeros reclutados por Cartago esperan a recibir su salario. Se les ofrece un festín en los jardines del sufete (magistrado supremo de Cartago) Amílcar (jefe cartaginés, apodado Barca y padre del célebre Aníbal, 290-229 a. C.), ausente en ese momento. Mientras la embriaguez aumenta, se libera a los esclavos prisioneros, entre ellos a Spendius. Los soldados, furiosos porque aún no les han pagado, comienzan a destrozar los jardines de Amílcar, cuando aparece la hija de este, Salammbó, sacerdotisa de Tanit. Escuchan sus imprecaciones y cánticos sin comprender una palabra. El númida Narr'Havas queda hechizado, pero es al libio Matho a quien ella ofrece una copa. Narr'Havas lanza una jabalina contra Matho; este último solo resulta herido, pero Salammbó huye.

CAPÍTULO 2 – EN SICA

Los mercenarios, a petición de los cartagineses, salen de la ciudad para ir a acampar a Sica (antigua ciudad de África del Norte). Spendius se pone al servicio de Matho y se hacen amigos. El ejército necesita una semana para llegar a Sica. Matho y Narr'Havas se alían. Matho confiesa a Spendius que el recuerdo de Salammbó le vuelve loco. Finalmente, el sufete cartaginés Hannón (general y estadista cartaginés, siglo III a. C.) va al encuentro de los mercenarios. Nadie comprende lo que dice y Spendius, fingiendo servir de traductor, convence al ejército de que se trata de un enemigo. Hannón huye y los mercenarios vuelven a Cartago.

CAPÍTULO 3 – SALAMMBÓ

Durante la noche, Salammbó dedica exaltados rezos a Tanit, la diosa lunar de la fecundidad. Pide al sacerdote Schahabarim que le revele los secretos del culto de esta divinidad.

CAPÍTULO 4 – BAJO LOS MUROS DE CARTAGO

Los mercenarios llegan a pie a Cartago en tres días. Matho, empujado por su deseo de volver a ver a Salammbó, toma el mando. El Gran Consejo intenta negociar, pero Spendius incita a los mercenarios a extravagantes exigencias. El general Giscón (oficial cartaginés, muerto en 241 a. C.) llega para entregarles su salario, pero la situación degenera y le hacen prisionero junto con otros cartagineses. Spendius conduce a Matho a Cartagena introduciéndose en el acueducto. Quiere ir al templo de Tanit.

CAPÍTULO 5 – TANIT

Spendius quiere robar el *zaïmph*, el velo de Tanit. Aunque en un principio Matho se siente horrorizado con la blasfemia, acaba siguiéndolo. Logran terminar su empresa con éxito. Después, Matho se dirige a casa de Salammbó. Cuando ella se da cuenta de que este tiene el *zaïmph*, da la voz de alarma, pero nadie se atreve a tocarlo por miedo a estropear el velo, así que Matho sale de Cartago.

CAPÍTULO 6 – HANNÓN

Los mercenarios, con el *zaïmph* en su poder, deciden dirigirse hacia Útica e Hipo-Zaryte (antiguas ciudades de África del Norte), dos ciudades aliadas de Cartago. Hannón y sus soldados parten a la caza de mercenarios. La parte del ejército conducida por Spendius cerca de Útica es derrotada por los elefantes de Hannón. Pero, en lugar de perseguir a los mercenarios, Hannón se instala en la ciudad; entonces, el ejército de Spendius se reforma, trastorna a los elefantes gracias al fuego y expulsa a los cartagineses de la ciudad.

CAPÍTULO 7 – AMÍLCAR BARCA

El sufete Amílcar, enfrentado con los romanos, vuelve a Cartago. No parece dispuesto a atacar a los mercenarios, en parte a causa de la animadversión que le profesa el Gran Consejo de Cartago, que acusa a Salammbó de haber tenido relaciones con Matho. Más tarde, cuando ve a Salammbó, entiende su desolación por la pérdida del *zaïmph* como una declaración de culpabilidad. Consternado ante los destrozos que los mercenarios causaron en su casa y sus jardines, finalmente acepta arremeter contra ellos.

CAPÍTULO 8 – LA BATALLA DEL MÁCARA

Amílcar parte a la caza de los mercenarios. Pero, cuando llega, las tropas de Narr'Havas y las de Matho han salido; Amílcar masacra las tropas de Spendius. Cuando Matho vuelve, él y sus hombres quieren atacar a los cartagineses, pero estos han desaparecido.

CAPÍTULO 9 – EN CAMPAÑA

Amílcar intenta reconquistar las ciudades entregadas a la causa cartaginesa. Por su parte, los jefes bárbaros, por fin reunidos, preparan la continuación de las operaciones. Llegan a rodear al ejército de Amílcar. Cartago no envía refuerzos a Amílcar.

CAPÍTULO 10 – LA SERPIENTE

Salammbó está preocupada porque su serpiente está enferma. El sacerdote Schahabarim le dice que, para honrar mejor a la diosa, debería ir a buscar el *zaïmph* al campo de los mercenarios. Tras una noche de ceremonia en la que su serpiente participa, Salammbó se pone en camino.

CAPÍTULO 11 – BAJO LA TIENDA

Cuando Salammbó llega tras un largo viaje, se dirige hacia la tienda de Matho y reclama el *zaïmph*. En un primer momento, Matho, que se vuelve loco ante su presencia, se niega. Pero cuando ella finge marcharse, él se aferra a ella. Cuando se duerme, sueña que va a matarla, pero se despierta antes de que suceda y abandona la tienda, ya que Amílcar les está atacando. Después, Giscón se arrastra dentro de la tienda para maldecirla. Entonces, Salammbó regresa al bando de su padre con el *zaïmph*. Narr'Havas se une a Amílcar, que le ofrece la mano de su hija como recompensa.

CAPÍTULO 12 – EL ACUEDUCTO

Los mercenarios han sufrido una terrible derrota. Spendius les hace creer que sus prisioneros cartagineses (entre los que se encuentra Giscón) son espías. Tras haber mutilado y masacrado a estos últimos, los bárbaros se repliegan en Hipo Zaryte. Amílcar vuelve a Cartago y los mercenarios, acompañados de todas las tribus africanas que desean la ruina de Cartago, asedian la ciudad. Spendius destruye el acueducto, con lo que Cartago queda privada de abastecimiento de agua.

CAPÍTULO 13 – MOLOCH

El asedio se eterniza. Los cartagineses resisten, pero las reservas escasean. Se decide hacer un sacrificio de varones jóvenes de buena familia para Moloch. Amílcar tiene que esconder a su hijo, Aníbal, para salvarlo. Se sacrifica a un gran número de personas.

CAPÍTULO 14 – EL DESFILADERO DEL HACHA

Tras la ceremonia, comienza a llover. Mientras Narr'Havas cuida Cartago, Amílcar sale de la ciudad con sus tropas por mar. Los mercenarios le siguen y caen en una trampa: se encuentran atrapados en un árido valle en el que los dejan morir de hambre. Acaban recurriendo al canibalismo. Finalmente, los jefes (excepto Matho, que no está con ellos) son conducidos ante Amílcar. Se les dice que es para negociar, pero en realidad son hechos prisioneros. Después, Amílcar, Narr'Havas y Hannón rodean Túnez, donde se encuentra Matho. Este consigue vencer a Hannón y salir de Túnez, pero los demás jefes bárbaros son crucificados. Se organiza una gran batalla final y, con la ayuda del pueblo de Cartago, los mercenarios son derrotados. Matho es hecho prisionero.

CAPÍTULO 15 – MATHO

En Cartago, se celebra la boda de Narr'Havas y Salammbó. Matho es abandonado en las calles a merced de los habitantes, que lo torturan. Muere de agotamiento frente a Salammbó, quien, al ver el cadáver de este, muere también.

ESTUDIO DE LOS PERSONAJES

SALAMMBÓ

Salammbó es la hija del jefe cartaginés Amílcar, es un personaje histórico que existió realmente. No se sabe mucho sobre la familia de Amílcar, a excepción de su hijo Aníbal. Posiblemente tuvo una hija, pero Salammbó es un personaje completamente ficticio, el único al que no cita el historiador griego Polibio. Su nombre proviene de uno de los que se le dan a la diosa de la luna.

Salammbó es una joven muy hermosa de largos cabellos negros. Desea consagrarse a la diosa Tanit, pero su padre se niega. Su doloroso misticismo la llevará a sacrificar su virginidad a cambio del *zaïmph*. Sus sentimientos por Matho son una mezcla de pasión amorosa y odio; no sobrevive ante la imagen del suplicio de este.

MATHO

Jefe de los mercenarios, Matho proviene de Libia. Él también es un personaje histórico. Aquí se lo presenta como grande, fuerte y valiente, pero completamente obsesionado con Salammbó: para él, conquistar Cartago es ante todo el modo de poseer a la joven. Suele estar ausente cuando el ejército de los mercenarios sufre una derrota, quizá porque solo él será capaz de vencer a Amílcar. Cuando por fin lucha, es demasiado tarde.

SPENDIUS

Spendius, esclavo de origen griego que vivió en Italia, se una a los mercenarios y los incita continuamente a la rebelión, ya que volver con su amo, Amílcar, para él seguramente significaría la muerte. Por otro lado, hace fracasar varias negociaciones. Puede comportarse como un cobarde, pero también sabe demostrar valentía, especialmente durante su crucifixión. Él es quien tiene la idea de robar el *zaïmph* y de destruir el acueducto para dejar a Cartago sin agua. Así, vemos que prefiere la astucia al combate violento.

AMÍLCAR

Amílcar Barca es un general y uno de los dos sufetes de Cartago. Su genio militar queda demostrado a lo largo de toda la novela, pero no cuenta con el apoyo de los otros nobles de Cartago, que envidian su popularidad. Bastante iracundo, monta en cólera contra Salammbó cuando cree que esta ha tenido relaciones con Matho. Su hijo, Aníbal, al que más tarde transmitirá su odio hacia Roma, es su mayor tesoro, el cual mantiene escondido para evitar que sea sacrificado en honor a Moloch.

HANNÓN

Hannón es el segundo sufete. Más bien incompetente en el plano militar, se siente especialmente celoso de Amílcar. Físicamente es repugnante: no solo es obeso, sino también perturbado, y su crucifixión será muy desagradable. Representa a los nobles cartagineses ricos, ociosos, crueles y corruptos.

NARR'HAVAS

Narr'Havas, príncipe númida, se enamora de Salammbó, igual que Matho, cuando la ve por primera vez en el festín. En vez de querer conquistar Cartago, acaba uniéndose a Amílcar contra sus antiguos aliados. El autor insiste en su aspecto femenino, que contrasta con la fuerza bruta de Matho. Es malicioso, por eso no consigue a Salammbó, ya que ella muere el día de su boda.

SCHAHABARIM

Sacerdote de Tanit, el eunuco Schahabarim sufre los efectos de su mutilación. Para poner a prueba la fe de Salammbó hacia Tanit, la convence para que vaya a buscar el *zaïmph*. Pero esto no basta para tranquilizarlo sobre el poder de su diosa y acaba por renegar de ella y consagrarse al dios masculino Moloch.

CLAVES DE LECTURA

UNA NOVELA HISTÓRICA

La constatación más evidente al respecto de *Salammbó* es que la acción se desarrolla en un tiempo lejano y que, por lo tanto, se trata de una novela histórica. Aunque situar su relato en un marco pasado es un mecanismo literario probado, hasta el siglo XIX los escritores no buscaban respetar lo máximo posible la realidad histórica. Por otro lado, es en esa misma época cuando la historia comienza a considerarse por completo una ciencia.

La novela histórica, cuyo precursor es Walter Scott (escritor escocés, 1771-1832) es, en primer lugar, una producción del movimiento romántico. Se concentra en una personalidad que ha tenido la importancia en el curso de los acontecimientos, como el líder de una revolución. De la novela histórica romántica emana una cierta nostalgia de una época más heroica antes de la industrialización y el aburguesamiento de la sociedad, o de un sistema político pasado por el que el autor tiene preferencia. Flaubert, al que sus contemporáneos conocen más como un escritor realista, plantea la historia de forma diferente. Pone en presencia dos grupos y toda una sociedad. No busca dar un sentido a esta guerra; y los mercenarios, igual que los cartagineses, no son presentados en su mejor momento. Insiste en las políticas internas de Cartago y en las razones, todas personales, que los mercenarios tienen para hacer la guerra preocupándose por el realismo psicológico: no hay héroes. Convencido de que las personas de la Edad Antigua no pensaban como sus contemporáneos, llega incluso a presentar personajes esclavos de su pasión y de su cólera, ya que así es como los antiguos imaginaban los sentimientos.

A pesar de las investigaciones minuciosas (que incluyen un viaje a África del Norte), cuando se publicó el libro, Flaubert recibió críticas relativas a la veracidad de la imagen de Cartago que había expuesto. Así pues, no podía sino estallar el debate, ya que, contrariamente a sus predecesores románticos, Flaubert puso en escena una civilización desconocida, descrita únicamente por los romanos que la conquistaron y por los escritores griegos. Hay que decir que las fuentes no eran imparciales: la guerra de los mercenarios fue contada por Polibio (historiador griego, 200-120 a. C.), escritor amigo de Escipión (apodado «el Africano», general romano, 235-183 a. C.), quien destruyó Cartago. Además, ni siquiera se trata del conflicto de Amílcar con Roma, sino de una guerra interna. Ahí reside la paradoja de *Salammbó*: una novela estéticamente realista, pero con un fondo que necesita recurrir a la imaginación para paliar la ausencia de conocimiento sobre esta civilización. Esta novela y su recepción son testimonio de la eterna tensión de la novela histórica, que quiere conjugar veracidad histórica con intriga cautivadora: ¿a cuánta libertad tiene derecho el autor? ¿Hasta qué punto puede recurrir a su imaginación? La crítica le reprochó a Flaubert todo aquello en lo que este no fue fiel a la historia.

EXOTISMO

Además de haber situado su novela en una época lejana,

Flaubert elije un escenario exótico: África del Norte. Así, se une a la corriente orientalista que recorre la literatura desde los descubrimientos de Marco Polo (explorador veneciano, 1254-1324). Contrariamente a lo que indica su nombre, esta corriente literaria y pictórica no solo se concentra en las culturas del este, sino también en la cultura islámica en general. Por lo tanto, podemos incluir en este movimiento a las novelas que tienen lugar en Oriente Medio, pero también en África del Norte. El orientalismo se adoptó especialmente en el siglo XIX, quizá porque permite a una sociedad puritana soñar hasta la saciedad. Esto es así debido a que el Oriente descrito en las novelas del siglo XIX siempre conlleva una parte imaginativa, y el pretexto de las costumbres diferentes ofrece a los autores la oportunidad de crear escenas más sensuales y atrevidas.

Este deseo de exotismo explica en parte las largas descripciones de los lugares (como la habitación de Salammbó o el templo de Tanit) y los objetos (como cuando Amílcar hace el inventario de sus posesiones con un esclavo). También se trata de encontrar un equilibrio entre la presencia de palabras extranjeras —para transmitir el exotismo de la civilización cartaginesa— y la comprensión del texto sin tener que recurrir a notas a pie de página.

El exotismo también se encuentra en las costumbres. La novela está impregnada de una enorme violencia, justificada por los códigos de conducta diferentes a los de la civilización occidental. Los romanos, ancestros de nuestra civilización, no aparecen en la historia: por lo tanto, nadie puede ofrecer un contrapunto. Así, la crueldad de ambos ejércitos es respondida y aumenta su poder, hasta la victoria cartaginesa que casi toma la forma de una exterminación.

PRESENCIA DE LO SAGRADO

Salammbó es sobre todo el relato de una guerra. Varios capítulos están totalmente dedicados a batallas y Flaubert, en sus cartas, parece estar preocupado por la monotonía del tema. Por lo tanto, introduce un escenario aparentemente secundario: el robo del velo de la diosa Tanit.

La religión desempeña un papel importante en el libro, ya que determina las acciones de Salammbó. Pero también es otro método para introducir el exotismo, colocando la historia antes del nacimiento de Jesucristo (el cristianismo, indisociable de la sociedad occidental, aquí no existe). De esta forma, los puntos de referencia de los cartagineses son absolutamente diferentes.

Hay dos divinidades que están presentes en toda la novela: Tanit y Moloch. Una es la diosa de la luna y del agua, el otro es el dios del sol y del fuego. El nombre de cada uno de ellos da título a un capítulo y tenemos dos escenas rituales: la ceremonia secreta en honor a Tanit por parte de Salammbó con su serpiente antes de ir a recuperar el *zaïmph* y el sacrificio público de los hijos de las familias ricas en honor a Moloch. Estas dos divinidades representan respectivamente los principios macho y hembra y los amores malditos de la novela, Matho y Salammbó son comparados con Moloch y Tanit. Sorprendentemente, la religión otorga de ese modo un erotismo escondido a la novela.

La fe de los personajes es vista como una pasión por la que sufren. Así, el sacerdote Schahabarim, consagrado a Tanit, está en plena crisis mística y parece dudar de los poderes de su diosa. Acaba consagrándose a Moloch, aunque no puede hacerlo del todo debido a su condición de eunuco. Así vemos su estado de hombre castrado trasladado al plano religioso (la duda entre Tanit y Maloch). En cuanto Salammbó, que llega a sacrificar su virginidad para recuperar el velo de Tanit aunque esto le cueste la deshonra, parece obsesionada con su necesidad de acercarse a la diosa. Esto influye incluso en su salud. A menudo, el nombre de Matho aparece cuando ella medita sobre Tanit, entonces parece confundir la pasión que este le provoca con sus emociones religiosas. Como Tanit es la diosa de la feminidad, podemos ver esto como el despertar de su sensualidad. Por otro lado, ella no siente el más mínimo atisbo de amor por su futuro marido, Narr'Havas, cuyo aspecto femenino se pone de relieve porque, como personificación de la diosa de la feminidad, debe unirse a un hombre viril y violento, igual que el dios Moloch.

Cabe destacar que la visión de la religión que Flaubert propone aquí no es en absoluto correcta desde el punto de vista histórico. En realidad, Moloch no es el nombre de ningún dios (esta palabra significa «sacrificio») y la veracidad de los sacrificios humanos sigue siendo objeto de debate. Sin embargo, la popularidad de la novela ha hecho que este mito perdure.

ROMANTICISMO

Aunque la escuela realista que sucedió a Flaubert sintiera

una profunda admiración por él, el escritor no excluyó totalmente el romanticismo en su escritura. Como ya hemos mencionado, *Salammbó* forma parte del género de la novela histórica, hasta entonces preferida por los escritores románticos. Pero, sobre todo, encontramos en el centro de ella una historia de amor que no es tratada con la ironía que Flaubert empleaba para narrar el adulterio de Emma Bovary. Matho y Salammbó experimentan una pasión voraz el uno por el otro. Esto es más notable en Matho, que no deja de pensar en Salammbó y de buscar el modo de poseerla, pero la muerte de la joven al ver el cadáver de Matho indica el poder de sus sentimientos, que ella misma ignoraba.

A primera vista, esta historia de amor no tiene un fundamento histórico, pero, aun así, Flaubert intentó respetar la psicología de la Antigüedad. Por lo tanto, nos encontramos con la pasión en el sentido más etimológico del término: lo que hace sufrir, lo que padecemos. El deseo que Matho y Salammbó sienten el uno por el otro es al mismo tiempo implacable e intolerable. Matho, igual que Salammbó, anhela la muerte del ser amado, porque este deseo domina los pensamientos del que ama. Encontramos en este amor la crueldad que está presente en toda la novela; a este respecto, la única vez que los amantes pasan juntos la noche, no lo hacen en absoluto de forma consensuada.

ESTILO

Flaubert presta particular atención al estilo. Aunque él era escritor de novelas y no de poesía, procuraba crear frases con una sonoridad perfecta, con ritmo musical. Cada coma tiene un sentido.

De esta poesía de la prosa podemos destacar, como ejemplos más concretos:

- un gran número de aliteraciones;
- el uso del asíndeton, es decir, la ausencia de conjunciones coordinantes, para dar ritmo a las largas frases enumerativas (con preferencia por el ritmo ternario) que contrastan con frases aisladas al final de los capítulos;
- comparaciones, pero pocas metáforas, lo que Flaubert señala en una respuesta a una crítica de Sainte-Beuve.

El estilo de Flaubert se expresa particularmente en las largas descripciones, justificadas por la recomposición histórica. Cabe subrayar que las descripciones pueden aplicarse tanto a lugares como a acciones; así, destacamos que en el primer capítulo, «El festín», muchos verbos están en pretérito imperfecto, en lugar de en pretérito perfecto, lo que hace que tengamos la impresión de estar observando un cuadro más que de estar asistiendo al desarrollo de una escena. Los pasajes religiosos, como la invocación de Salammbó a la luna, también son una buena oportunidad para hacer aparecer esta musicalidad en los diálogos.

CONSTRUCCIÓN

Aunque la trama del relato tenga que obedecer a la realidad histórica, la novela posee su propio ritmo. En primer lugar, comienza y termina con un festín en Cartago. En el vaivén de batallas, en el que parece que la fortuna favorece primero a un bando y luego al otro igual que un péndulo que oscila de lado a lado, los mercenarios se encuentran a los pies de Cartago en dos ocasiones: la primera vez para introducirse en ella por medio de la astucia; la segunda, para atacarla por medio de la fuerza. Como se ha dicho más arriba, también tenemos dos ceremonias, la de Salammbó en honor a Tanit, un culto privado tras la pérdida del *zaïmph* en el primer ataque a Cartago, y la de la ciudad en honor a Moloch, durante el asedio, para pedirle ayuda. En el segundo capítulo, los mercenarios ven leones crucificados por el camino; en el antepenúltimo capítulo, es a los jefes a quienes se crucifica. En medio de todos estos efectos de encuadramiento, encontramos el capítulo titulado «Amílcar». El salvador de Cartago, cuyo nombre está en boca de todos desde el comienzo de la novela, no aparece hasta la mitad del libro: su aparición se retrasa, por lo que es cada vez más esperada.

PISTAS PARA LA REFLEXIÓN

ALGUNAS PREGUNTAS PARA PROFUNDIZAR EN SU REFLEXIÓN...

- Compare la novela con el relato que hace Polibio de la guerra contra los mercenarios. ¿Qué elementos cambió Flaubert? ¿Por qué piensa usted que lo hizo?
- ¿Qué motivaciones llevan a Matho y a Spendius a desear la guerra contra Cartago? ¿Buscan influir al resto de mercenarios? Argumente su respuesta.
- Señale los actos de crueldad que cometen ambos bandos. ¿Qué los justifica? Según usted, ¿por qué Flaubert los describe con detalle?
- Compare el festín inicial y el festín final. Según usted, ¿qué objetivo tienen estas escenas que se corresponden?
- Analice el rezo de Salammbó a la luna (Flaubert 1995, 2-53) desde el punto de vista estilístico.
- Cada bando está gobernado por dos dirigentes: el de los mercenarios, por Matho y Spendius, y el de los cartagineses, por Amílcar y Hannón. ¿Qué diferencias existen siempre entre ellos?
- A partir del capítulo «Bajo la tienda», describa la forma de la que Matho y Salammbó viven el deseo que experimentan el uno por el otro.
- Compare los cultos de Tanit y de Moloch. ¿Quiénes son los sacerdotes? ¿Cuáles son los ritos? ¿A través de qué objetos se representa a estas divinidades?
- En la novela, a menudo los mercenarios son tachados de bárbaros. ¿En qué sentido hay que interpretarlo? ¿Le parecen a usted menos bárbaros los cartagineses?

- ¿Cómo tratan los cartagineses a Amílcar? ¿Lo apoyan? Justifique su respuesta.

- 21 -

¡Su opinión nos interesa!
¡Deje un comentario en la página web de su librería en línea,
y comparta sus favoritos en las redes sociales!

PARA IR MÁS ALLÁ

EDICIÓN DE REFERENCIA

- Flaubert, Gustave. 1995. *Salammbó*. Traducido por Mireia Porta i Arnau. Barcelona: Editorial Juventud.

EN RESUMENEXPRESS.COM

- Guía de lectura de *La educación sentimental* de Gustave Flaubert.
- Guía de lectura de *Madame Bovary* de Gustave Flaubert.

ResumenExpress.com